AF436306

Aldo Squillari

NEANDERTHAL

◆

EDIZIONI WE

ISBN 979-12-5497-209-0

www.clickpertutti.com
www.edizioniwe.com
www.facebook.com/edizioniwe
www.instagram.com/edizioniwe
info@edizioniwe.com

INTRODUZIONE
di Aldo Squillari

Questo romanzo è un'opera di fantasia, è vero che prima di scriverlo ho ascoltato molte conferenze e documentari sull'argomento del paleolitico medio e sull'uomo di Neanderthal, ho letto testi vari, ma non è certamente dal mio interesse e dalla mia curiosità che scaturirà qualcosa di nuovo sull'argomento.

Mi ha affascinato invece il pensare che a un certo momento esistessero sulla terra contemporaneamente ben cinque diverse specie umane! Eppure, l'homo sapiens per secoli si è dichiarato fatto a immagine e somiglianza di dio, ha creduto che l'universo stesso fosse stato creato addirittura per lui, a sua totale disposizione.

Anche senza catastrofismi, dobbiamo riconoscere che viviamo comunque in un periodo in cui la democrazia appare minacciata, il pianeta a rischio, una guerra nucleare possibile.

Appare evidente che la nostra specie non ha mai imparato, nonostante scoperte scientifiche e miracoli tecnologici vari, a fare cose essenziali quali: a) gestire le risorse nell'interesse comune b) trovare un rimedio all'egoismo dell'individuo che alimenta competizione e sopraffazione.

Infatti, ora più che mai gli interessi di pochi dominano il mondo in modo assurdo, contrario al semplice buon senso, per lo svantaggio finale di tutti.

Questo libro vorrebbe far riflettere su poche cose, immaginando nella notte dei secoli l'incontro tra due specie diverse: si odia ciò che si teme, ciò che non si capisce, ciò che è diverso dai nostri schemi mentali.

Buona lettura
Aldo Squillari

NEANDERTHAL

Ricordati che l'uomo non vive altra vita
che quella che vive in questo momento,
né perde altra vita che quella che perde adesso.
(Marco Aurelio)

PROLOGO

45.000 anni fa, in un luogo imprecisato situato tra Turchia, Iraq e Iran, dove si vedono in lontananza i monti Zagros, alture coperte di boschi ospitano il rifugio naturale di Rug e della sua famiglia.

Le grotte in cui vivono non sono solo un riparo fisico, ma un santuario sicuro contro i pericoli onnipresenti della natura selvaggia.

Quel popolo si è stabilito là da un tempo immemore e ha sviluppato il suo modo di vivere e intendere il mondo, apparentemente, il tempo non esiste, oppure scorre in modo inavvertibile.

I
La giornata di Rug

Rug si svegliò al suono familiare del vento che soffiava attraverso la foresta facendo vibrare di vita i rami e le foglie.

Percepì subito l'arrivo di aria fresca, carica del profumo del sottobosco umido, proveniente dall'esterno, inalò l'aria con forza ma non avvertì alcun odore di animali selvaggi, se fossero stati nelle vicinanze se ne sarebbe accorto con facilità.

Rug si guardò attorno e, attraverso una stretta apertura nella roccia, intravide un tenue e languido raggio di luce. Le sue quattro donne giacevano intorno a lui, sdraiate a terra su morbide pelli di antilope, ancora russavano, addormentate placidamente, qualcuna sorrideva nel sonno.

La più giovane era anche sua figlia, da poco tempo ammessa al nuovo, importante ruolo di moglie con una breve cerimonia: una ghirlanda di fiori le era stata posta sul capo una sera e piccole ossa intrecciate nei suoi capelli, baciata e accarezzata da tutti.

Rug la guardò con tenerezza infinita e anche con un po' di desiderio residuo, chissà se fosse già incinta dopo i ripetuti incontri ravvicinati…

Poco più lontano, dormivano i figli maschi, i due più grandi, appena giunti alla pubertà e il piccolino, già in grado di correre. I due rampolli maggiori presto avrebbero sentito il bisogno di accoppiarsi con le femmine e poi sarebbero nati altri figli.

La famiglia si sarebbe ingrandita dall'interno, senza bisogno di accogliere stranieri, era il costume della specie.

Del resto, una famiglia più numerosa avrebbe potuto cacciare prede più grosse e provveduto meglio ai bisogni di tutti, quindi era nell'interesse comune che nascessero molti figli, una necessità assoluta di sopravvivenza, anche se i piccoli richiedevano per anni cure e attenzioni che rendevano le madri molto meno produttive in termini di raccolta di cibo per molto tempo.

Rug era un capo famiglia abbastanza giovane, per questo il suo gruppo era così piccolo, i suoi genitori e i fratelli erano morti anni prima a causa di una malattia sconosciuta e lui era rimasto solo.

Rug aveva lottato duramente per creare e difendere una sua famiglia ed era determinato ad assicurare un futuro alla sua prole e costruire quell'ambiente che gli era stato sottratto troppo presto.

C'era ancora un po' di fumo azzurro che saliva in lente volute dai tizzoni del piccolo falò che avevano acceso la sera prima, esso si infilava rapidamente su per gli anfratti della grotta, senza contaminare l'aria della caverna.

Lo sfogo dei fumi in quel luogo era pressoché perfetto, pensò l'uomo con orgoglio, vivere in una caverna richiedeva una profonda esperienza e anche un po' di fortuna.

Sulle pareti spiccavano le pitture rupestri che avevano iniziato da tempo e che continuavano ad arricchire ogni giorno graffiando le pareti con un attrezzo di pietra e riempiendo di ocra rossa i tratti: si narrava la loro storia, si rappresentavano gli episodi più importanti della loro vita, le preghiere rivolte agli antenati, le prede abbattute, e le rosse mani di tutti che contenevano i loro nomi segreti spiccavano sul muro, testimoniavano il loro passaggio nel mondo e l'intenzione di restarci.

La sera prima, dopo cena e prima di addormentarsi, avevano ballato e cantato a lungo seguendo la musica di un flauto a quattro note ricavato da un femore di cervo, suonato con grande maestria da Rug mentre il piccolo batteva le mani e rideva con gusto.

La frutta che avevano fatto fermentare nei mesi precedenti in appositi boccali ottenuti da crani di scimmie e resi stagni con della resina di pino aveva prodotto un liquido giallo e inebriante che bevendolo scaldava le membra e donava allegria, per un po' non si sentiva più la stanchezza ma bevendone troppo, la visione delle cose si sdoppiava e il giorno dopo la testa era pesante…

Era stata una fortuna, molte stagioni prima, aver trovato quel rifugio sicuro. Ogni notte, al rientro, sbarravano l'entrata con alcune grandi pietre e quindi potevano dormire senza timore di essere sbranati da qualche predatore di passaggio, per esempio un orso, un leone o una pantera.

Purtroppo, anche gli orsi amavano le caverne e per poterne abitare una in tranquillità spesso bisognava prima sloggiarne il precedente inquilino con la forza.

Ma loro sapevano come fare.

Rug stiracchiò le membra, sbadigliò, si rimise addosso la pelle di cervo consunta che costituiva il suo equipaggiamento e un brontolio dello stomaco lo avvertì che aveva bisogno di mangiare.

Con alcuni spintoni, svegliò dolcemente le quattro donne che risposero soffiando dapprima con astio, ma poi aprirono gli occhi, si levarono in piedi, recuperarono i resti della carne arrostita la sera precedente e li distribuirono a tutti, la quantità era più che sufficiente per fornire l'energia necessaria per affrontare la giornata, ma era tempo di procurarsene altra con una certa urgenza.

Rug, aiutato dal resto della famiglia, smosse e spinse fuori i pietroni che bloccavano l'ingresso usando un apposito palo robusto come leva, e finalmente uscirono all'aperto, il sole appariva fiammeggiante, appena sopra le chiome degli alberi, contornandole di luce dorata.

La vista del disco accecante che iniziava il suo cammino rappresentava un miracolo quotidiano, riscaldava la terra e la pelle degli uomini, faceva sbocciare le corolle dei fiori, pareva accogliere i viventi nel suo caldo grembo, la famiglia restò per qualche momento con gli occhi rivolti al cielo, in raccoglimento davanti a quello spettacolo stupendo.
Pochi gesti e suoni convenzionali bastarono per assicurarsi che ognuno sapesse già ciò che doveva fare: mentre gli uomini si preparavano con cura, controllando le lance e le

asce, le donne più mature si diressero verso la foresta per la consueta raccolta di frutta e bacche, conoscevano bene ogni angolo di quel mondo verdeggiante, come se fosse una mappa incisa nella loro mente.

Rug e i suoi percepivano la foresta come un immenso essere vivente, una compagna silenziosa che osservava ogni loro passo, un'emanazione della grande madre terra da cui tutto il mondo era nato e che aveva preso forma da quando esisteva il tempo.

Poi i tre uomini si misero in cammino, tra il fitto brusio di migliaia di uccelli spaventati che si alzavano in volo, camminavano dondolavano sulle forti e tozze gambe alla ricerca di una preda, i loro passi non producevano praticamente nessun rumore.

Mentre camminava, Rug vide per un attimo innanzi a sé il volto di colui che gli aveva insegnato a procedere in quel modo, oltre a tante altre cose: suo padre.

Anti gli aveva anche insegnato a curare la febbre mangiando la corteccia dei pioppi, a ricucire le ferite con fibre vegetali, a scheggiare le lame di selce per le armi e fissarle a un supporto di legno.

E quante altre cose!

Era stato un uomo forte e coraggioso, di una saggezza sconfinata.

Nel cuore Rug avvertì un leggero struggimento al pensiero

che il grande Anti non c'era più... Ma se non c'era più, se il suo corpo era ormai imputridito nella fossa dove l'aveva sepolto, coprendola di pietre e ghirlande di fiori, dopo aver pregato e fatto sacrifici rituali, perché allora talvolta gli parlava di notte, lo consolava, gli tendeva le braccia e lo stringeva a sé?

Forse che qualcosa di lui ancora viveva da qualche parte? Il suo sguardo, il suo sorriso erano vivi, ma dove? Forse il suo soffio vitale si era elevato al cielo come fa il fumo? Oppure dal ventre sempre gravido della terra i suoi occhi lo osservavano di continuo amorevolmente, nascosto da qualche parte, ridendo con bonarietà dei suoi errori e continuando a gioire per i suoi successi?

Rug si chiese se la morte fosse soltanto una notte buia e infinita o se invece rappresentasse soltanto una trasformazione, un cambiamento, un ritorno alla madre terra in forme diverse.

Talvolta, prima di addormentarsi, una paura folle del buio e dell'ignoto lo coglieva, per fortuna la stanchezza lo faceva infine addormentare lo stesso e rimandava il problema al giorno successivo.

Un brivido gli corse per la schiena e allora cercò di concentrarsi sul luogo dov'erano diretti e su ciò che si apprestavano a fare. Lui era responsabile delle azioni del gruppo.

In quella valle ricca di vegetazione, acqua e selvaggina, abitavano tante altre famiglie di uomini, erano gruppetti di non più di dieci/dodici persone, purtroppo, incidenti e malattie compensavano facilmente o addirittura superavano le nascite e quindi c'era sempre cibo in abbondanza per tutti, ma quel popolo viveva sempre al limite della sopravvivenza.

Quando si incontravano casualmente, le famiglie inviavano a distanza gesti e grugniti per dimostrare affetto e solidarietà, poi si avvicinavano, si abbracciavano, sedevano insieme per qualche ora scambiandosi piccoli doni e si raccontavano i fatti più importanti occorsi negli ultimi tempi, le nascite e le morti che piangevano insieme, ripercorrevano gli alberi ge- nealogici di ciascuna famiglia e gli sporadici incroci avvenuti, augurandosi che gli eventi si ripetessero.

Si trasmettevano anche tutte le informazioni utili relative alla caccia e ai pericoli da affrontare, lo stato delle sorgenti e delle fonti d'acqua, poi si lasciavano a malincuore e ognuno proseguiva per la sua strada.

II
La caccia di Oss

Era un grande villaggio di capanne costruite con canne intrecciate e fango, coperte con tetti di foglie di palma, c'erano almeno cento abitazioni, disposte a cerchi concentrici, a pochi metri l'una dall'altra, al centro stava quella del capo tribù, negli anelli più vicini i suoi consanguinei, poi via via le famiglie meno importanti.

Attorno, una specie di staccionata indicava il confine dell'insediamento. Vicino, scorreva un ruscello. Nella piazza, bambini giocavano, sollevando nubi di polvere.

Oss aveva superato da poco con successo i complicati riti di iniziazione dei giovani (prove di forza, di resistenza e coraggio) e quindi era stato ammesso a pieno diritto nel consiglio che comprendeva tutti i maschi adulti.
Fino a un certo punto.

In quel un villaggio vivevano diverse centinaia di persone con regole riconosciute da generazioni, una era l'obbligatorietà di accoppiarsi con persone di altri villaggi.

Perciò presto Oss, insieme ad altri giovani, avrebbe dovuto cercarsi una donna, fuori però dalla sua tribù, secondo la legge.

Insieme ad altri ragazzi, avrebbe iniziato una battuta di caccia vicino ad altri insediamenti umani.

Se fossero stati abbastanza abili, oltre alla selvaggina avrebbero avuto modo di conoscere delle ragazze in età da marito e qualcuna si sarebbe invaghita di uno di loro e acconsentito con gioia ad accompagnarlo al suo villaggio.

A volte, nel corso di quelle spedizioni, i più sfortunati non si rassegnavano alla cattiva sorte, presi dall'entusiasmo, cercavano di rapire una ragazza mentre prelevava l'acqua dal fiume o raccoglieva frutta nella foresta.

Per farlo, bisognava però essere astuti e forti e riuscire a portare lontano la donna in fretta, prima che sopraggiungessero i familiari con ragionamenti poco amichevoli.

Trascorso qualche giorno del viaggio del ritorno, non c'erano più grandi rischi, finalmente si poteva sperare di raggiungere casa senza ulteriori problemi e formare una nuova famiglia.

Se la ragazza recalcitrava, ci voleva molta pazienza, prima o poi si sarebbe affezionata e tutto sarebbe andato bene.

Fino a quando i giovani non contraevano matrimonio, si allontanavano dalla loro famiglia e vivevano con i coetanei in alcune capanne comuni a loro destinate, per ciascuna di esse un anziano incaricato si occupava di perfezionare il loro addestramento relativo alla caccia, alle consuetudini del loro popolo, al come ingraziarsi gli spiriti della natura con le opportune offerte e preghiere da ricordare a memoria.

All'alba la porta della capanna si spalancò, ruotando sui rozzi cardini di cuoio, insieme alla luce entrò Swam, l'anziano che si occupava di Oss e dei suoi compagni.

«Pelandroni, scansafatiche! Alzatevi, volete dormire tutto il giorno?»

Nonostante gli anni, Swam aveva una voce stentorea e un fisico prestante; mentre ordinava ai giovani di mettersi in movimento con male parole, sogghignava tra sé e gustava il divertimento di occuparsi di quegli esseri in gran parte ancora glabri e molto inesperti, voleva loro un gran bene, però sapeva che per farne degli uomini bisognava essere un po' burberi.

Li riunì davanti alla capanna, in cerchio, erano dodici, più gli undici della capanna accanto. «Ascoltate! il grande Capo Uot Not mi ha chiesto di organizzare con voi e il gruppo della capanna a fianco una caccia al mammut!»

I giovani si guardarono sbigottiti e paurosi, era la prima volta che dovevano occuparsi di quegli enormi animali! «Cosa c'è? Cosa sono quelle facce da Macaco? Forse avete paura? Preferivate correre dietro a qualche antilope dagli occhi paurosi? C'è bisogno di carne, molta, è urgente! Altrimenti tra qualche settimana dovremo rosicchiare le cortecce degli alberi! Comunque, prima o poi dovrete imparare a cacciare come degli uomini! Quindi datevi da fare, mocciosi, vedo ancora il latte umido sulle vostre labbra! Cercate forse la mamma?»

Swam spiegò il piano. Specificò quali e quante provviste prelevare dal magazzino di competenza del capo, che armi portare, le lame di selce di scorta, le corde di fibre vegetali,

le pietre focaie, spiegò sghignazzando che la spedizione poteva durare da due a tre settimane ma che non tutti sarebbero ritornati al villaggio, di certo qualcuno sarebbe rimasto
là, sottoterra, qualcun altro magari sarebbe tornato ferito o
azzoppato per sempre.

Un monito ad ascoltare attentamente i suoi consigli.

In poco tempo, la spedizione si mise in cammino, ventitré
giovani e due anziani, verso le alture che si vedevano in
lontananza, sfumate e confuse con le nubi stesse.

Occorsero tre giorni per raggiungere il limitare della pianu-
ra, in lontananza si intravedevano montagne maestose,
alcune coperte da un manto di neve scintillante.

Di notte dormivano attorno a un grande falò per tenere
lontani i predatori.

I primi esploratori tornarono affannati, ansanti, con gli occhi ancora sbarrati per lo stupore e l'eccitazione: «Laggiù,
oltre quella macchia di alberi, sono tanti quanti le dita di
due mani!»

In effetti, dall'interno della fitta macchia il gruppetto di mo-
struosi pachidermi si poteva osservare stando al sicuro, le
enormi zanne ricurve incutevano paura mentre con le
proboscidi strappavano rami e fronde e li infilavano in
bocca per masticarli con gusto.

Quanto erano grossi! Un individuo giovane che appariva
più piccolo degli altri pareva destinato a essere la vittima

predestinata, anche se comunque era quasi più alto di due uomini messi uno sull'altro...

Swam dette le istruzioni. «Voi quattro sciocchi! Sì, proprio voi! Spostatevi in quella direzione, camminate sul limitare del bosco, senza farvi vedere, poi attraversate questo letto di fiume disseccato e portatevi sul lato opposto. Tornate indietro verso di noi. Quando sarete di nuovo abbastanza vicini alla mandria accendete un fuoco, prendete alcuni grossi rami in fiamme, correte verso i mammut e scagliateglieli addosso.»

«Maestro, ma se quelli ci calpestano?» chiese Zarp, un ragazzo dal naso storto.

«Cretino, hanno paura del fuoco, scapperanno e passeranno invece proprio vicino a noi che scaglieremo le nostre lance sulla schiena del più piccolo! Piuttosto, fate attenzione a non incendiare la foresta o magari bruciarvi le chiappe, capito?»

Così Oss, insieme ai compagni, si ritrovò nascosto dietro il tronco di un albero enorme ad aspettare il passaggio della mandria, in mano teneva stretta una lancia lunga un paio di metri con una punta di selce affilata e rifinita con cura.

Il cuore gli batteva forte, si trattava di avvicinarsi di corsa fino a pochi metri dal mammut in corsa e scagliare l'arma con forza.

Più che altro era spaventato dall'idea di commettere un errore e suscitare l'irrisione dei compagni e i rimproveri di Swam.

Invece doveva riuscire, doveva guadagnarsi la stima del vecchio!

Intanto scrutava il lato opposto della foresta, lontano centinaia di passi, la mandria pascolava tranquillamente sul limitare del bosco, continuando a staccare rami e inghiottire enormi quantità di frasche dondolando le grosse teste.

All'improvviso, si udirono urla e si videro degli uomini, piccoli in lontananza, correre verso gli animali agitando grossi rami resinosi incendiati.

I mastodonti avvertirono l'odore di bruciato e videro le fiamme crepitare, emisero profondi e assordanti barriti e iniziarono un trotto affrettato che nessun uomo avrebbe potuto eguagliare in velocità.

La mandria passò, come aveva previsto l'anziano, proprio di fianco al gruppo dei cacciatori nascosti. «Fermi! Aspettate il mio comando, zucconi! Mirate al più giovane, in coda a tutti, cercate di colpirlo sulla schiena.» Sussurrò, ma tutti intesero.

 La corsa dei mammut produceva un rombo sordo, la terra tremava, un grande polverone si sollevava tutto attorno. «Ora! E mirate con cura.»

I venti uomini sbucarono dagli alberi, corsero verso gli animali. Oss era arrivato a una decina metri dal bersaglio, allungò il braccio destro dietro la schiena, portò avanti la gamba sinistra, poi lanciò l'asta in avanti con tutte le sue forze.

I suoi occhi sbarrati seguirono il volo della lancia e quando
la vide conficcarsi profondamente nel fianco del giovane
mastodonte lanciò un urlo di gioia.

Almeno sei o sette armi avevano centrato il bersaglio susci-
tando strazianti barriti, la mandria spaventata al completo
aveva continuato a muoversi lungo il letto del fiume disseccato e si allontanò all'orizzonte, i giovani si guardarono de-
lusi, pensavano forse che lo sforzo fosse stato inutile… ma
Swam disse: «Cosa sono quelle facce da babbuino? Per fortuna, oltre al sottoscritto, metà di voi ha fatto centro, il
mammut morirà dissanguato e noi lo prenderemo.»

«Quanto tempo ci vorrà, maestro?»
«Non so di preciso, dipenderà dal sangue che perderà, forse
due o tre giorni, seguiremo le sue tracce e le macchie di
sangue, alla fine lo troveremo.»

Il gruppo, recuperate le lance piantate per terra, si mise in
cammino, le parole di Swam avevano suscitato allegria e
ottimismo.
I giovani si scambiavano battute scherzose e coloro che
avevano fallito il bersaglio furono canzonati dagli altri che
invece camminavano tronfi, sentendosi già dei poderosi
cacciatori di mammut.

Occorsero due giorni prima che la spedizione raggiungesse
il suo obiettivo, infine, una sera videro il pachiderma a terra, coricato su di un fianco, immobile, pareva impossibile
che i piccoli uomini avessero avuto ragione di un animale
così grande.

I ragazzi lo circondarono, poi si avvicinarono timorosi, come se potesse risvegliarsi all'improvviso dal suo sonno. Infine, iniziarono a toccarlo e constatare che la sua vita se ne era andata, allora esplosero in grida di giubilo e danzarono frenetici, mentre il vecchio li osservava sorridendo.

Swam disse: «Ragazzi, ammazzarlo è stato facile rispetto alla fatica che dovremo fare per trasportarlo a casa! Quindi non gioite troppo, la parte più difficile del lavoro inizia adesso.»

I giovani si guardarono con aria interrogativa e solo in quel momento parvero comprendere che trasportare qualche tonnellata di carne per quattro o cinque giorni di cammino non fosse un'impresa da sottovalutare.

«Primo, costruiremo delle slitte, abbastanza grandi da portare ciascuno l'equivalente del peso di un uomo in carne di mammut. Secondo, le slitte saranno nove, ognuna trascinata da due uomini.

Terzo, gli uomini rimanenti resteranno qui a far la guardia al resto della carcassa fino al ritorno dei compagni o di altra gente dal villaggio. Quarto, io guiderò il ritorno a casa, perché soltanto io saprei trovare la strada, per decidere chi saranno quelli che faranno la guardia al resto del mammut tireremo a sorte, capito?»

Il terrore di restare soli a far la guardia per otto o dieci giorni a una carcassa di mammut in quel luogo pervase tutti i giovani... Si fece la scelta delle pagliuzze e Oss ebbe l'onore di restare a guardia della carne.

Fissava inebetito la pagliuzza, interrogandosi sulle ragioni della sua malasorte. Avrebbe voluto rifiutarsi, ma sapeva che ciò avrebbe significato essere bollato come un vigliacco per il resto della sua vita, peggio che morire.

Poi si macellò parte dell'animale rapidamente mentre alcuni costruivano le slitte.

Oss, con altri quattro, guardò con apprensione il gruppo dei compagni allontanarsi trascinando le rozze slitte. Era metà giornata, il sole era alto e l'attesa del ritorno dei compagni sarebbe stata molto lunga.

Di sicuro la carne non sarebbe mancata, infatti, due terzi dell'animale ucciso restavano ancora a disposizione per nutrirsi, poco distante c'erano anche delle grandi pozze d'acqua; quindi, non si poteva certo morire di fame o di sete.

Il problema consisteva nel fatto che quella carcassa e il suo odore, nonostante fossero nella stagione secca, avrebbero attirato qualsiasi predatore in cammino a grande distanza.
E loro avevano a disposizione soltanto un paio di lance e un coltello di selce a testa per difendersi.
E il fuoco.

Così iniziò l'incubo. Secondo gli insegnamenti di Swam, coprirono l'animale di strati di frasche e foglie per tenere lontane le mosche e altri insetti, costruirono un piccolo recinto intorno al rozzo e piccolo accampamento, raccolsero molta legna in modo da poter alimentare un grosso falò ogni notte e molti fuochi più piccoli attorno all'animale morto.

Ma la paura strisciava nella mente di ciascuno continuamente. Lo spirito dell'animale ucciso avrebbe chiamato gli antenati a vendicarlo? Avevano pregato a sufficienza per chiedere perdono al povero mammut? E che cosa c'era là fuori nella notte, sempre turbata da urla, ululati fischi, ringhi?

Facevano la guardia due alla volta, scrutando il buio circostante con terrore, aspettandosi da un momento all'altro di essere aggrediti e divorati.

Il sorgere del sole era un sollievo infinito ogni volta, un miracolo da far venire le lacrime agli occhi. Swam aveva detto loro che si trattava di una prova importante, l'occasione di dimostrare di essere ormai diventati dei veri uomini e camminare a testa alta nel villaggio ma la cosa per il momento non rappresentava una grande consolazione, molto meglio sarebbe stato trovarsi sul giaciglio di paglia all'interno della loro calda capanna, sicuri e protetti.

La terza notte udirono dei ruggiti spaventosi in lontananza, un suono da fare accapponare la pelle. Poi tornò la calma ma nessuno riusciva più a dormire, tenevano tremanti le lance puntate verso il buio, ravvivavano il falò di continuo, ma la luce delle fiamme non poteva rischiarare che poche decine di metri della radura all'esterno dell'accampamento e nessuno aveva il coraggio di andare a ravvivare i fuochi attorno al mammut.

Si sentivano distintamente battere i denti di uno dei ragazzi, i sospiri di un altro, nessuno osava parlare. Trascorse molto tempo, le stelle in alto brillavano di una luce vivida e rassicurante.

L'ombra gigantesca volò in mezzo al gruppo all'improvviso, piombò su uno dei giovani, si udì il suono sinistro di ossa che si spezzavano.

In un attimo, degli occhi gialli lampeggiarono alla luce del fuoco, da vicino, le pupille si strinsero e divennero puntini neri, il ruggito proveniente da quella testa enorme, contornata da una chioma scura era intollerabile e gelò il sangue nelle vene di ciascuno, prima che avessero la forza di fare qualsiasi cosa, il vecchio leone agitò la criniera e morse un altro ragazzo alla testa con ferocia, ancora quei rumori terribili di ossa spezzate.

Oss saltò la staccionata con un balzo incredibile e corse fuori dal recinto, forse seguito da altri, non lo sapeva, guardava solo innanzi a sé, l'importante era correre lontano da quelle urla strazianti, da quei gemiti imploranti, da quel ringhio penetrante.
Correva, correva, non si accorse nemmeno di aver perso il controllo del suo corpo e delle sue funzioni fisiche, correva

a perdifiato verso il buio, incapace di pensare.

Oss continuò a lungo, fino a quando, sfinito, non sbatté con forza contro un albero e cadde a terra gridando di spavento e orrore.

Restò intontito e confuso, annaspò, a ogni istante temeva di essere ghermito da quell'orrendo animale. Passarono lunghi attimi.
Silenzio.

Oss udiva soltanto il battito frenetico del suo cuore e percepiva il sangue che colava da una ferita alla fronte.

Silenzio.

Infine, Oss ritrovò la ragione offuscata, tese le orecchie, non si udiva più alcun rumore, nessun frusciare di rami, nessun grido, allora raccolse la lancia caduta a terra, la paura non accennava a scemare ma almeno riuscì a pensare che forse fosse meglio arrampicarsi su un albero e aspettare la luce del mattino, sperando di non incappare in qualche leopardo già in attesa tra i rami.

Così fece. Appollaiato a tre metri da terra poteva sperare di sopravvivere, il giorno dopo avrebbe potuto cercare i compagni eventualmente sopravvissuti e decidere che cosa fare.

Non mancava molto al mattino, l'orizzonte divenne grigio, privo di forme definite, poi iniziò a rischiararsi, gli uccelli iniziarono a cantare a centinaia.

IV
La valle di Rug

Rug e i suoi due figli maggiori percorrevano i sentieri conosciuti della foresta da molto tempo, troppo. Non avevano ancora catturato alcun animale, comunque dovevano riuscire a rientrare a casa prima del buio, ma non certo senza una preda che potesse sfamarli per qualche giorno, non potevano vivere di frutta, radici e uova di uccelli soltanto.

Rug pensò alla figlia e al ragazzo giovane, per crescere forti avevano bisogno di carne! Decise quindi, vista la giornata difficile, prendersi un rischio: deviare dal solito sentiero ed esplorare un tratto nuovo di foresta in modo da aumentare le possibilità di successo.

Così si ritrovarono, dopo un breve cammino, sul limitare di una radura, e dopo qualche centinaio di passi, avvistarono il pasto più ghiotto e accessibile che avrebbero potuto desiderare: un'intera famiglia di facoceri grufolanti!

Li osservarono con cupidigia mentre bucavano l'erba, sbuffavano e agitavano le code per allontanare le mosche.
Erano grassi e appetitosi.

Rug impose ai suoi il silenzio assoluto. Fece capire a gesti che dovevano allargarsi a semicerchio, avvicinarsi e poi scagliare le loro zagaglie sugli animali.

Si misero in movimento con infinita cautela, controvento,

fino a una distanza adeguata, sarebbe bastato un minimo rumore, un ramo spezzato, per far fuggire le prede agognate.

Gli occhi dei ragazzi brillavano di emozione, l'ansia della caccia, la bramosia dell'uccisione imminente.

Rug indicò l'esemplare più grosso, mostrò che dovevano colpire sopra la spalla quel maschio più vecchio.

Infatti, c'era una legge della foresta non spiegata, da rispettare quando possibile, in cui credeva la sua specie: voleva la sopravvivenza degli individui più giovani, atti a preservare la specie e invece la morte degli esemplari in età avanzata che già avevano vissuto la loro vita e potevano diventare cibo per altri…

Mormorarono una preghiera di perdono diretta allo spirito dell'animale, poi passarono all'azione.

Rug fece il segnale con la mano sinistra, poi, insieme agli altri, scagliò la sua arma con tutta la sua forza facendole percorrere un breve arco.

Il facocero fu colpito tre volte con violenza da una decina di metri, le lame aguzze penetrarono in profondità nel suo corpo ed esso crollò a terra con uno squittio raccapricciante di dolore. il resto del gruppetto fuggì a gambe levate e il maschio restò a contorcersi a terra, finché Rug si avvicinò e lo colpì più volte alla testa con la sua grossa ascia di pietra.

Il facocero restò immobile, senza ulteriori gemiti.

Un urlo di felicità salutò il successo, ormai non restava che caricare la bestia su una slitta costruita con un paio di pali e trascinarla a casa, che gioia per tutti!

I tre uomini avevano percorso un bel tratto di cammino tenendosi nel mezzo della radura, il facocero morto era pesante ma i tre lo trascinavano quasi senza dover rallentare il passo abituale.

I rami della slitta improvvisata strisciavano sul terreno lasciando dei binari tracciati sul terreno. Bisognava rientrare prima che fosse buio, quindi andavano di gran fretta.

L'arrivo delle Jene suscitò rabbia e disperazione. Erano cinque, con il pelo maculato, il sedere ridicolmente più basso delle zampe anteriori, il muso nero non riusciva a celare interamente le lunghe zanne gialle e le gengive piene di saliva.

Pareva ridessero o, meglio, irridessero i cacciatori, come se volessero affermare che gli uomini avevano fatto la fatica di catturare la preda ma loro l'avrebbero divorata.

Rug ordinò di continuare il cammino e ignorare gli animali. Essi presero a trotterellare e girare intorno al gruppetto, ringhiando, con la bava alla bocca.

Poi le Jene iniziarono a tentare degli attacchi, dapprima erano solo finte ma poi cercarono di azzannare il facocero per strappare qualche brandello di carne a tradimento.

Gli uomini continuavano a respingere gli attacchi con le

lance ma senza riuscire a colpire le bestie che si ritiravano precipitosamente, erano molto rapide.

Con il passare del tempo gli uomini erano sempre più stanchi: difendersi e insieme trascinare la preda era difficoltoso.

Infine, Rug prese la sua decisione: aveva identificato il capo del branco, una jena maculata più grossa delle altre, disse ai figli che l'avrebbe attaccata e uccisa sperando di metterle tutte in fuga e disse che nel frattempo loro dovevano mettersi a correre verso casa alla massima velocità.

I figli cercarono di dissuaderlo ma un suo gesto imperioso, un urlo e uno sguardo feroce li misero a tacere. Rug si volse, impugnò la sua zagaglia e si precipitò urlando contro la jena. La prese di sorpresa e la infilzò sotto il collo strappandole orrendi strepiti.

Subito dopo si trovò circondato dagli altri animali che cercavano di attaccarlo, la lancia era difficile da recuperare in fretta.

Rug iniziò a menare l'ascia a destra e sinistra. Le bestie lo attaccavano ed egli si difendeva con rabbia. La cosa durò molto tempo, le braccia dell'uomo diventavano sempre più pesanti, qualche morso di striscio l'aveva colto alle gambe, pensò che la sua fine fosse giunta.

Durante la furibonda colluttazione, a forza di arretrare, Rug si ritrovò sull'orlo di una scarpata, senza più via di scampo. Raddoppiò gli sforzi, colpendo in tutte le direzioni. Un guaito gli fece capire che almeno un colpo d'ascia era giunto a segno per bene.

Poi bastò un altro passo indietro provocato dall'ennesimo assalto per scivolare e cadere nel vuoto.

Rotolare, colpire rami e spine, sentire lo strazio delle ferite nella carne, ruzzolare giù per il burrone ammaccandosi in tutto il corpo, cadere nella disperazione...

Rug cadeva, temendo a ogni momento di urtare un masso con la testa, cercando di frenare la caduta con le mani. È finita, pensò con amarezza infinita, si chiese se la sua famiglia sarebbe riuscita a farcela senza di lui.

Un tonfo. L'abbraccio gelido e scioccante dell'acqua, la paura di affogare. Rug era caduto in un fiume, la corrente era impetuosa, dopo essere sfuggito alle Jene rischiava di affogare.

Lottò, con la conoscenza un po' approssimativa che aveva dell'acqua e di come restare a galla. Bevve, sputò, respirò con furia a ogni occasione, cercò invano di raggiungere la riva.

Le onde lo travolgevano, lo spingevano sotto, lo sbattevano a destra e sinistra, cercò di aprire la bocca per cercare aria quando ancora stava sotto l'acqua e bevve molto, una sensazione spaventosa.

Ormai era allo stremo delle forze quando sbatté contro qualcosa di solido, un grosso ramo cui aggrapparsi, ci si avvinghiò e cerco di issarsi più in alto, forse era la salvezza.

La violenza dei flutti diminuì, il fiume, raggiungendo

un'area quasi pianeggiante, calmò la sua rabbia e Rug finalmente riuscì, remando con braccia e gambe, ad accostarsi alla riva destra.

Quando si incagliò sulla sponda e scese dal ramo crollò a terra sfinito, restò boccheggiante, senza forze, a guardare il cielo, piangendo di rabbia e di sollievo.

Il sole stava per tramontare, Rug era scampato ai flutti per ritrovarsi solo, lontano da casa, in un luogo sconosciuto mentre con il buio i predatori stavano per uscire dalle loro tane…

Cercò con ansia il suo lungo coltello di selce.

Quando le sue dita lo trovarono ancora inserito nel suo rozzo fodero di pelle, tirò un sospiro, non aveva nient'altro, oltre alla sua esperienza e al suo coraggio, per cercare di sopravvivere.

Poi pensò ai figli: ce l'avevano fatta a raggiungere casa? O le Jene li avevano ancora inseguiti? Il cuore si fece piccolo piccolo pensando a loro con apprensione, si sentì in colpa per non aver saputo proteggerli meglio, si chiese se avesse fatto le scelte giuste, se non ci fosse stato un modo migliore per affrontare la situazione.

V
Il nemico

Oss si svegliò in cima a un albero, si era legato al tronco con la corda che portava sempre arrotolata attorno ai fianchi per non correre il rischio di cadere durante la notte, colto da un sonno inarrestabile, profondo e senza sogni.

Al risveglio, mangiò dei frutti prendendoli direttamente dai rami, ne mangiò molti, con furia, era affamato, esaurito, aveva bisogno di cibo, subito, erano dolci e succosi, non gli erano mai parsi altrettanto gustosi.

Mangiò anche un camaleonte che era riuscito a catturare al volo mentre gli passava vicino, crudo. In quei momenti avrebbe mangiato qualsiasi cosa.

Infine, a malavoglia, decise di scendere dall'albero, cercò di orientarsi con il sole per capire in che direzione dovesse dirigersi per ritrovare casa, gli parve di essersi chiarito le idee e si sentì meglio.

Era vivo! Aveva superato una prova difficile e non aveva ricevuto gravi ferite, non aveva senso deprimersi.

Nel frattempo, con il coltello, Rug tagliava rami di varie lunghezze e dimensioni, li sfrondò e ripulì accuratamente.

Da una grotta vicina rintracciò dei pezzi di selce di buona qualità, picchiando di traverso i pezzi più grossi su quelli più sottili, riuscì a scheggiarli nel modo giusto e a ottenere tre lame decenti dopo averne frantumate un paio per errore.

Con la più grossa, legandola con fibre vegetali a un grosso ramo d'albero cui aveva praticato un intaglio da un lato, ottenne una lancia, con le due più piccole fabbricò dei giavellotti.

Quel lavoro gli portò via un po' di tempo ma gli diede anche una grande fiducia: non era più quasi disarmato come poco prima, in balia di qualsiasi animale, da quel momento poteva difendersi, poteva cacciare e nutrirsi in modo adeguato.

Si sentì forte, era ancora il grande cacciatore della valle di Anti, non era ancora venuto il momento di essere sbranato o seppellito in fondo a una caverna.

Lanciò un urlo e gridò: «Sono Rug! Il grande cacciatore! Abbiate timore di me e della mia lancia!»

Poi Rug si mise in cammino con andatura silenziosa ma risoluta, rallentò solo quando ebbe modo di catturare e uccidere un paio di grossi roditori e legarseli alla cintola. Poi continuò la sua marcia tra gli alberi.

Era una giornata di sole ma le piante secolari facevano una fitta ombra, i raggi di luce filtravano tra le foglie a fatica accendendo di colori dove raggiungevano il suolo fiori, felci, muschi, funghi.

La luce pareva portare una vivida gioia, accendeva il cuore di speranze, desideri, sogni.

Il secondo giorno di cammino, mentre procedeva con cautela in una radura, Rug avvertì un odore nuovo. Quella consa-
pevolezza lo colpì con vigore, si nascose tra gli alberi e in-
spirò con forza con il suo grosso e largo naso, era un odore
forte ma non somigliava a nessuno delle migliaia che
conosceva.

Com'era possibile? Sapeva riconoscere un facocero da
un'antilope anche solo con un minimo refolo di vento.

Gli bastava inspirare e nella sua mente appariva l'immagine
dell'animale, ma non questa volta…

La cosa preoccupò molto il cacciatore, aveva a che fare con
una bestia sconosciuta e le cose sconosciute spesso erano
molto pericolose. Rug seguì la traccia, doveva sapere con
cosa avesse a che fare.

Se possibile, i suoi passi divennero ancora più cauti e im-
percettibili, spesso saliva su un albero e restava a scrutare
nell'immensa profondità dei rami e delle foglie, attendeva a
lungo sperando di intravedere qualcosa.

Il sole correva alto nel cielo, Rug doveva chiarire il mistero
prima che fosse notte, per fortuna sulle spalle portava quel
paio di grossi roditori uccisi la mattina presto che gli avrebbero permesso di cenare, però non poteva accendere un fuoco che avrebbe rivelato la sua presenza prima di sapere se
ci fosse un pericolo imminente.

Durante l'ennesima sosta tra i rami di un albero, Rug avvertì quell'odore penetrante diventare più forte, allora lo vide.

VI
Incontro

Oss era sceso a malincuore dall'albero, la ferita sulla fronte si era asciugata ma gli faceva ancora molto male, si era lavato la faccia in un rigagnolo per un po' di sollievo, aveva bevuto molto e poi si era messo in cammino.

Dei suoi compagni di sventura non c'era nessuna traccia, che il leone li avesse uccisi tutti? Il solo ricordo di quelle unghie terribili lo aggredì con terrore.

Una parte di sé voleva tornare all'accampamento, verificare se qualcuno avesse avuto bisogno d'aiuto, non poteva dimenticare qualsiasi principio di solidarietà ma la paura di incontrare ancora quella bestia enorme e orrenda era troppo forte, e poi, se qualcuno era ancora là non poteva essere vivo.

Infine, cercò di ritrovare il cammino per il villaggio, combattuto tra l'ansia della difficile impresa di tornare da solo e i sensi di colpa.

D'un tratto, in mezzo a una radura, Oss vide delle impronte di piedi.

La gioia esplose improvvisa nel suo cuore, qualcuno si era salvato!

Stava per gridare, urlare il suo nome, cercare una risposta umana in mezzo a quel mondo muto e ostile.

Poi, avvicinandosi, si accorse che le impronte erano diverse dalle sue e anche da tutte le altre che aveva visto fino ad allora.

Sì, si trattava di un uomo, ma i piedi avevano una dimensione diversa: erano molto più larghi.

Oss confrontò più volte le impronte con i propri arti e capì di avere ragione: aveva a che fare con una creatura ignota, forse minacciosa.

Decise che doveva mantenere l'iniziativa piuttosto che farsi sorprendere da chissà chi: doveva seguire quelle tracce, del resto erano fresche; quindi, quell'essere non poteva trovarsi troppo lontano ed era comunque solo, doveva credere nelle proprie capacità, combatterlo se necessario.

Rug lo vide.
Orrore.
Quanto era brutto!
La sua pelle era scura come il legno bruciato!
Un essere sgraziato, ridicolo.
Dall'alto dell'albero, lo vide avanzare lentamente.
Eppure, era un uomo.

Aveva però le gambe più lunghe rispetto alle sue, era più alto e magro, la testa ridicolmente tonda, la fronte alta.

Eppure, per quanto orribile e incredibile, era un uomo.

Per un attimo Rug pensò che, se si trattava davvero di un uomo, non potesse essere troppo pericoloso per lui, ci si poteva parlare, intendersi forse.

Sì, ma perché non aveva mai visto nessuno come quello?
Da dove veniva?

Era uno scherzo di natura?

Forse proveniva da terre lontane, come poteva conoscere le
sue intenzioni?

Osservò che portava una lancia non troppo diversa dalla
sua, un po' più lunga, a parte poi il modo di fissare la lama
di selce all'asta.

Rug pensò di tentare la cattura di quello strano essere, si
spostò con circospezione da un ramo all'altro, doveva
tendergli una trappola.

Quando ebbe guadagnato abbastanza terreno, scese dai rami
e piegò uno di essi fino a terra. Lo fissò a un ceppo in modo
precario con una corda che si portava sempre appresso e
che terminava con cappio, coprì tutto con foglie e rametti e
là vicino lasciò per terra a malincuore un'esca: il suo
prezioso flauto a quattro note.

Quell'odore particolare si faceva a tratti più debole, poi più
forte.

Oss avanzava, teneva la lunga lancia protesa e scrutava gli
alberi e i cespugli.

Poi vide per terra una cosa inaspettata: un flauto d'osso con quattro fori, anche nel suo villaggio usavano strumenti musicali simili e pure tamburi di pelle di tapiro.

Si avvicinò con cautela e protese la mano per prendere l'oggetto.

Fu afferrato a una caviglia e trascinato verso l'alto da quella che pareva una mano gigantesca, la lancia cadde a terra ed egli si ritrovò a penzolare a testa in giù ondeggiante, un urlo di spavento gli sfuggì dalla bocca.

E scorse il suo nemico.

Un uomo o un mostro?

Era basso, la testa grossa, con la fronte sporgente, un naso molto largo e pronunciato, la mascella un po' prognata.

Il nuovo arrivato aveva la pelle chiara e lunghissimi capelli rossicci, il torace era di larghezza impressionante, suggeriva una forza enorme ma gli arti, incredibilmente forti e muscolosi, erano più tozzi dei suoi, era coperto da una pelle di cervo o di daino che gli arrivava fino alle ginocchia.

E lo fissava con attenzione.

«Chi sei? Cosa vuoi?» chiese Oss ad alta voce. L'altro inclinò la testa e lo osservò incuriosito con i suoi occhi verdi ma rispose invece con dei versi gutturali e incomprensibili.

Oss capì che gli stava parlando in una lingua sconosciuta, fatta di note che salivano e scendevano, seguendo una cadenza misteriosa, una specie di nenia.

Si urlarono addosso reciprocamente per un po' ma nessuno dei due riuscì a capirci qualcosa.

Quando l'uomo massiccio si avvicinò un poco, Oss temette che volesse ucciderlo, la sua mano trovò il coltello di selce ma non c'era modo di raggiungere il laccio attorcigliato alla caviglia da quella posizione.

E l'altro si avvicinò ancora. In quel momento il ramo che teneva appeso Oss si spezzò ed egli cadde a terra da un metro d'altezza. Approfittando della sorpresa del suo nemico, Oss fu lesto, recise la corda e prese a fuggire nella radura, subito inseguito.

I passi dietro di sé erano pesanti ma a poco a poco si affievolirono, Oss si voltò e capì di essere più veloce nella corsa, si addentrò nella foresta e pensò che se anche fosse riuscito a sfuggire a quell'uomo orribile in quanto più veloce, magari l'altro avrebbe continuato a inseguirlo e alla lunga avrebbe potuto raggiungerlo quando stesse mangiando o dormendo.

Bisognava neutralizzarlo in qualche modo. Oss pensò a che tipo di trappola potesse realizzare, poi vide che le ombre si allungavano rapidamente e la notte si stava avvicinando, meglio riflettere in cima ad un albero.

VII

Lo scontro tra Rug e Oss

Rug capì che doveva rinunciare alla caccia per quel giorno, era ormai troppo tardi. Tornò a una grotta non lontana doveva poteva rifugiarsi.

Quando vi giunse, pensò che non potesse entrarvi senza prima assicurarsi che non fosse presidiata da bestie pericolose; perciò, accese un fuoco e quando le fiamme furono abbastanza alte, iniziò a buttare rami accesi all'interno.

Se non le fiamme, almeno il fumo avrebbe scacciato eventuali ospiti indesiderati. Intanto poteva controllare se il fumo trovasse una via d'uscita e lo vide apparire qualche metro più in là. Ottimo!

A parte una coppia di procioni arrabbiati, nient'altro uscì da quell'apertura. Rug fu in grado di entrare quando l'aria fu tornata respirabile e allargò il falò davanti all'apertura aggiungendo altra legna.

Ne approfittò anche per arrostire i roditori che si era portato dietro e mangiarseli, teneva dell'acqua in una sacca ottenuta da un pezzo di intestino di daino e bevve, poi si concesse un riposo, la giornata era stata molto faticosa.

Oss vide da lontano il fumo del falò di Rug e anche qualche bagliore di fiamme, pensò con rabbia a quell'uomo che se ne stava tranquillo al caldo, mentre lui invece tremava di freddo in cima a un albero, provò rancore per quell'energumeno e accarezzò l'idea di una dura vendetta.

In quella notte tormentata Oss, si svegliò più volte, a volte a causa di un rumore, altre perché aveva freddo, la pelle di antilope che lo ricopriva in parte non era sufficiente a farlo star caldo. Approfittò di quei momenti per riflettere sul da farsi.

Ancor prima dell'alba, Oss era già in piedi, si diresse rapidamente nella direzione da cui provenivano ancora i bagliori del falò e giunse a pochi passi dalla grotta dove si era rifugiato il suo nemico. I rami accesi erano ormai brace e poche fiammelle ancora crepitavano lanciando scintille attorno.

L'essere orribile con cui si era scontrato il giorno prima sicuramente se ne stava acquattato all'interno, tra poco tempo sarebbe uscito dal nascondiglio.

Oss pensò di attenderlo e colpirlo con la lancia ma... e se avesse sbagliato il colpo? L'altro era forte e grosso, l'avrebbe certamente aggredito, in un corpo a corpo non sarebbe stato facile avere la meglio.

Poi vide che a qualche decina di metri al di sopra della grotta c'erano molte rocce, forse bastava muoverne una per provocare una frana e bloccare l'accesso!

Oss si procurò un grosso ramo e si arrampicò per la scarpata fino al punto in cui gli era parso si potesse compiere l'impresa. Scelse un masso che pesava forse metà del suo corpo e si trovava già quasi sospeso sulla ripida discesa, iniziò a smuoverlo dal di sotto con tutte le sue forze mettendo tutto il suo peso sulla leva, per fortuna il ramo era grosso e ancora verde, quindi non si ruppe.

Bastò uno spostamento limitato affinché il pietrone iniziasse a muoversi e poi, finalmente, a rotolare, nella sua corsa che accelerava si scontrò e mise in moto altri massi, piccoli e grandi e provocò la frana desiderata.

Il fragore improvviso svegliò Rug di soprassalto, era un rombo possente. Pensò che gli stesse crollando addosso l'intera caverna e cercò di dirigersi verso l'uscita in preda al panico.

Un'esplosione di schegge di pietra, tizzoni e un polverone impenetrabile lo respinsero all'interno dell'anfratto, si buttò a terra per proteggersi con le braccia levate.

Poi il rumore cessò, la polvere iniziò lentamente e posarsi. Era buio, quasi totale e Rug comprese di essere ormai intrappolato senza speranza nel suo rifugio.

Oss guardò con soddisfazione e orgoglio il risultato del suo lavoro: l'entrata della grotta era sbarrata da molte pietre, di là non poteva uscire più nessuno!

Cantò una canzone che si usava per festeggiare i successi di caccia, poi aspettò un po' per essere sicuro di non correre più alcun pericolo. Infine, molto contento, si mise in cammino verso la direzione che gli pareva essere quella giusta.

Rug tossì a lungo, la polvere gli bruciava nei polmoni, gli occhi erano pieni di lacrime, la paura di essere intrappolato per sempre nel buio pesava come un macigno sulla sua coscienza, gridò, ma il suono della voce pareva essere inghiottito senza eco dalla caverna.

Temette di morire soffocato e aspettò con trepidazione che mancasse l'aria. Non avvenne nulla.

A tentoni, protendendo le mani avanti, ritrovò le pareti del luogo ove si trovava, cercò di addentrarsi ancor più, allontanandosi dall'entrata.

Picchiò il capo un paio di volte e capì che doveva muoversi con estrema cautela.

Poi, quasi impercettibile, un raggio di luce!

In alto, probabilmente la fessura da cui usciva il fumo. Almeno non sarebbe soffocato, ma per uscire? Si arrampicò sulla parete e capì che c'era una specie di camino, forse scavato da un'infiltrazione d'acqua, infatti a terra c'era molta umidità.

La ragione per cui arrivava pochissima luce era che il canale era storto, si contorceva come un serpente su sé stesso più volte.

Rug si arrampicò, un centimetro alla volta. Si graffiò le mani e il petto ma riuscì a muoversi verso l'apertura che usciva obliqua all'aperto. Quando la raggiunse, vide che era

troppo piccola per passarci con tutto il suo corpo. Bisognava scavare. Estrasse il coltello e cominciò a grattare tutto
attorno.

Oss ripassò dalle parti dell'accampamento. Si era mosso
con estrema cautela, e quando fu vicino abbastanza da capire quale fosse la situazione vide che almeno metà della
carne di mammut era sparita.

Per terra non c'erano corpi di esseri umani ma soltanto lunghe scie di sangue rappreso per terra, con ogni probabilità
indicavano il fatto che i ragazzi erano stati trascinati via,
forse dal leone stesso.

Dunque, nessuno si era salvato dall'attacco del grosso felino. Oss pensò di essere stato molto fortunato. Cosa poteva
succedere di più spaventoso dell'essere divorati vivi?

Oss sperò che almeno l'agonia dei suoi compagni fosse stata breve... Pensò che in fondo non aveva poi le idee così
chiare sul come tornare a casa, percorrere tutta quella strada
da solo era un compito molto difficile.

Allora forse era meglio attendere da quelle parti senza allontanarsi: la spedizione di recupero del suo villaggio
sarebbe giunta sul posto guidata dal vecchio Swam nel giro
di pochi giorni e l'avrebbe salvato! E il leone?
Oss si disse che la carne restante del mammut era sufficiente a mantenere molti animali della foresta, tutti si sarebbero
sfamati con quella, in ordine gerarchico, certamente.
Sicuramente prima il leone e le sue leonesse, poi leopardi o
puma, infine Jene, licaoni e sciacalli, anche se un branco

numeroso di Jene poteva talvolta mettere in fuga anche animali più forti.

Oss pensò che dovesse evitare di trovarsi sul cammino notturno delle belve; quindi, doveva ogni sera all'imbrunire riguadagnare i rami più alti di un albero e passarvi la notte, solo così poteva sopravvivere.

Oss pensò quanto fosse debole un uomo solo, la sopravvivenza e la prosperità potevano essere garantite solo da una comunità numerosa cui ciascuno desse il suo contributo, una tribù in cui gli anziani, depositari di ogni prezioso sapere, potessero trasmetterlo ai giovani, non c'era altro modo.

Oss passò il resto della giornata a procurarsi acqua e cibo, senza osare avvicinarsi alla carcassa del mammut e appena il sole fu basso sull'orizzonte raggiunse il rifugio prescelto.

Trascorse un'altra notte, ancora un giorno e una notte.

Oss era appena disceso con cautela dall'albero, come sempre, si mosse con attenzione, poi uscendo sulla radura, dette un'occhiata attorno. Al momento di voltarsi per ritrovare la protezione della foresta, il sangue gli si gelò nelle vene.

Rug lo fronteggiava, in piedi, con uno sguardo tutt'altro che amichevole. Era massiccio, muscoloso, minaccioso. Oss reagì d'istinto, si gettò in avanti, cercando di trafiggere il nemico con la lancia.

L'altro schivò il colpo con facilità e lo sgambettò, facendolo

ruzzolare a terra. Oss rotolò per terra proprio mentre un giavellotto si conficcava nel punto dove si era trovato un
attimo prima.

Guardò se ci fosse modo di recuperare la lancia, ma il mostro si trovava tra lui e l'arma, allora si alzò ed estrasse il
pugnale di selce, però si accorse subito che l'altro si era
messo tra lui e gli alberi per impedirgli di nascondersi di
nuovo nella foresta.

«Ma io sono più veloce!» si ricordò Oss, «Quella specie di
orso non mi prenderà mai!» si voltò e corse via. Non aveva
percorso neanche dieci metri quando si inciampò e cadde
rovinosamente.

Alzando gli occhi, si accorse che l'altro aveva infilato la
sua corta lancia tra le sue gambe provocando la caduta,
l'asta si era spezzata e gli aveva ferito le gambe, anche se
non gravemente.

E l'uomo cattivo delle caverne gli stava piombando
addosso!

VIII
La via d'uscita

Un crollo di pietre, terriccio e radici troncate, finalmente un foro di dimensioni sufficienti!

Così Rug Era riuscito a fuggire dalla caverna lottando disperatamente per un giorno intero. Per fortuna non c'era solo roccia e facendo cadere pietre e intaccando il terriccio attorno, l'apertura si era allargata a sufficienza per poter passare, seppur con grande fatica.

Poi aveva notato quel grosso ramo rimasto in cima alla scarpata e aveva capito: la frana non era stata casuale, qualcuno aveva smosso dei massi per provocarla. Guardò attentamente attorno e trovò delle impronte di piedi, più strette delle sue. Rug pensò di sapere perfettamente chi fosse stato a cercare di intrappolarlo nella grotta.

Si mise in marcia con rabbia, cercando le tracce del suo nemico, deciso a fargliela pagare.

Quando finalmente aveva percepito di nuovo quell'odore caratteristico, capì di averlo raggiunto. Così come capì che l'altro stava su un albero. Bene, disse tra sé: «Quando scenderà mi troverà ad aspettarlo.»

Un ghigno di soddisfazione apparve sul suo viso. Poi, nascosto dietro un tronco vide Oss scendere dall'albero, aspettò che andasse a controllare la situazione nella radura e lo seguì, quando si voltò verso di lui e lo vide, Rug provò la gioia del cacciatore di successo nel riconoscere il terrore negli occhi dell'uomo dalla testa rotonda e la pelle scura.

Rug Schivò facilmente la lancia protesa verso di lui dal nemico che correva per trafiggerlo, si spostò leggermente di lato e sgambettando l'avversario lo fece cadere.

A sua volta lanciò un giavellotto verso l'uomo puzzolente, lo vide rotolare per terra e sfuggire per miracolo al colpo.

Si guardarono ancora negli occhi, Rug capì che Oss avrebbe voluto recuperare la lancia, allora si frappose tra lui, l'arma e gli alberi.
L'altro si alzò ed estrasse il pugnale di selce, poi parve temere il corpo a corpo e scappò come una lepre verso la radura. Rug scagliò la sua zagaglia, lo mancò ma l'asta si infilò tra le gambe dell'avversario facendolo cadere malamente, era il momento di saltargli addosso!

I due si avvinghiarono, cercando di pugnalarsi a vicenda ma erano talmente vicini che non riuscivano a cogliere l'avversario, sbuffavano, gridavano, grugnivano, si mordevano e tiravano i lunghissimi capelli aggrovigliati.

Rug era più forte, riuscì a mettere Oss di schiena e iniziò a premere sulle sue braccia per affondargli il coltello nella gola, stava per riuscirci, mancavano pochi centimetri quando Oss gli sferrò una violenta testata che lo colse in fronte.

Rug mollò la presa, scivolò di fianco, accecato da un turbine di luci roteanti e di vertigini. Oss si rialzò in fretta, raccolse la zagaglia di Rug e si preparò a piantargliela nel petto.

Rug riusciva a malapena a scorgerlo, avrebbe voluto rialzarsi ma la testa gli girava, con uno sforzo tremendo si mise a sedere, riprendendo coscienza lentamente.

Prima che la zagaglia partisse si udì un ringhio.

Qualcosa di chiaro piombò sulle spalle di Oss facendolo cadere a sua volta, si udirono urla strazianti. Rug, ancora un po' annebbiato, vide che un puma aveva travolto Oss e stava per ucciderlo.

Agì d'istinto, senza pensare, raccolse la zagaglia e la piantò sotto la spalla sinistra del felino, spinse con forza e l'animale mollò la presa, cercò di voltarsi e fuggire, lanciò strepiti, soffiava, miagolava, si contorceva ma non riusciva a staccarsi.

Finalmente, i legacci che trattenevano la lama di selce fissata all'asta cedettero. Il puma, con la lama conficcata molto vicino al cuore, fece due balzi per fuggire, poi cadde, morto.

Rug si voltò verso l'avversario: era a terra sanguinante, gemeva piano, forse era spacciato, guardando da vicino, Rug vide che il puma gli aveva straziato le spalle con gli artigli ma non erano quelle le ferite gravi, ben peggio era stato il morso ricevuto tra la spalla e la gola, pochissimo più in là e sarebbe stata la morte sicura, il sangue fuoriusciva pulsante dagli squarci.

Rug penso: «Questo puma ha fatto il lavoro per me e mi ha salvato la vita...» Pensò di finire Oss, alzò il pugnale ma qualcosa gli impedì di colpire!

Guardandolo bene, quell'essere non era in fondo così diverso da lui, gli pareva di uccidere un consanguineo, oltretutto ormai inerme, come uccidere un bimbo addormentato.

Restò così, con il pugnale sollevato, cercando di capire che cosa gli passasse per la mente. Non poteva ucciderlo mentre era incosciente.

Pensò di lasciarlo al suo destino, quindi raccolse le sue cose e fece per rimettersi in marcia.
Dopo pochi passi, udì i gemiti di Oss e si fermò. «Bastardo, voleva uccidermi e ci stava riuscendo!» disse per farsi coraggio e continuare, poi avvertì nel cuore una profonda tristezza per ciò che stava facendo, interdetto, tornò indietro, l'altro era cosciente e lo guardava ansimante, con gli occhi sbarrati e pieni di lacrime, incapace di muoversi.

Rug pensò che sarebbe stato di certo divorato vivo, forse proprio dalle Jene e scosse la testa dicendo: «Va bene, lo so, sono proprio uno stupido, però ti aiuterò, bastardo. Cominciamo con il fermare subito il sangue, non perdiamo tempo.»

Rug prese dalla bisaccia un ago d'osso e un filo ricavato da un nervo di cervo, con quello ricucì rapidamente la ferita al collo e i tagli più grossi sulla schiena di Oss, dato che l'altro gridava e si agitava, dovette legargli le mani e poi montargli sopra per tenerlo fermo in qualche modo.

Rug ignorò le grida strazianti dell'altro e portò a termine il suo lavoro più in fretta possibile, per fortuna Oss svenne non molto tempo dopo l'inizio della difficile operazione e quindi rese le cose più facili.

Rug sapeva che, se anche le ferite erano state ricucite e non sanguinavano quasi più, c'era ancora molto lavoro da fare. Andò nel bosco, si procurò tutte le erbe che gli servivano e anche dei funghi particolari, infine, staccò anche della corteccia di pioppo.

Macerò il tutto trasformandolo in una poltiglia, tornò da Oss, lo mise seduto contro un albero e cominciò a infilargli in bocca il suo rimedio, pur addormentato, il suo rivale riuscì in qualche modo a inghiottire e deglutire.

Rug pensò che, con un po' di fortuna, quel rimedio avrebbe combattuto l'infezione, alleviato il dolore e consentito il recupero, a quel punto poteva solo mettere l'uomo su una slitta costituita da due pali e trascinarlo alla ricerca della grotta più vicina.

Anche se Oss si fosse ripreso, sarebbero trascorsi molti giorni prima che potesse rialzarsi in piedi. Se poi fosse morto, pazienza, almeno la sua coscienza era rimasta pura, sapeva di aver fatto tutto il possibile, pensò anche che stava rimandando di nuovo il ritorno a casa e la mancanza della sua famiglia era un vivo dolore.

IX
Insieme

Oss si risvegliò, sdraiato sulla schiena, su un graticcio di foglie secche e il dolore lancinante gli ricordò che era stato aggredito da un puma.

Eppure, era ancora vivo! Dove si trovava? Si guardò attorno ruotando la testa a malapena. perché anche il collo gli doleva, si accorse che aveva le braccia legate a dei picchetti piantati per terra.

L'ambiente era in penombra, le pareti erano scure e l'unica debole luce penetrava da uno spiraglio che passava in mezzo a dei tronchi che sbarravano l'entrata a quella grotta.

Perché era ancora vivo? Che faceva lì? Oss restò immobile per un certo tempo, interrogandosi sulla sua sorte, finché qualcosa o qualcuno smosse i grossi rami che bloccavano l'entrata e penetrò all'interno, una sagoma corpulenta di uomo.

Il suo nemico! L'uomo che aveva combattuto per giorni e che forse l'aveva trascinato lì per vendicarsi, per torturarlo, magari per cibarsene? Brividi di freddo corsero lungo la sua schiena, il terrore lo invase, tremava come una foglia. Gridò.

Rug entrò nella caverna portando con sé alcune lepri, delle fascine, alcune zucche svuotate e piene d'acqua. Poi Guardò Oss e disse: «Ah, ti sei svegliato? Sono tre notti che ti veglio come una partoriente e ti tengo pulito, era ora! E non gridare! Se avessi voluto farti del male saresti già sottoterra.»

Oss non capì una parola.

«Cos'è quella faccia da cercopiteco? Ti ho legato perché nelle tue condizioni non dovevi muoverti, ora ti slego, stai buono.»

Prese il coltello di selce e si avvicinò. Oss si agitò pensando che l'altro stesse per ucciderlo, ma Rug scosse il capo e una specie di sorriso apparve sulle sue labbra.

«Scemo.» Poi recise rapidamente i legacci e fece un gesto con la mano che significava: *non muoverti*. Indicò le lepri e fece un gesto che si poteva interpretare come: *devo farle rosolare*. Oss avrebbe voluto fuggire ma non era neanche in grado di mettersi diritto.

Quando vide Rug estrarre una pietra focaia e accendere con delle foglie secche un fuoco vicino all'entrata comprese che non aveva cattive intenzioni. Mentre il fuoco prendeva forza, l'uomo gli controllò le ferite e apparve soddisfatto.

«Brutta imitazione di uomo! A quanto pare, non è ancora venuta la tua ora. Però devi mangiare e riposare fino a quando non riuscirai ad alzarti.» fece il gesto di mettere qualcosa in bocca.

I due trascorsero altre tre settimane in quel rifugio. All'inizio comunicavano soltanto a gesti e cenni del capo. Con il passare dei giorni, Oss si rese conto che Rug si stava prendendo cura di lui con solerzia.

Apprese che dopo aver ucciso il puma non si era sentito di abbandonarlo perché, spiegò con gesti concitati delle mani, anche se solo alla lontana, loro due si somigliavano, in ogni caso erano diversi da tutti gli altri animali, probabilmente un po' di rispetto per gli antenati e la madre terra era presente anche nella testa tonda di Oss e quindi dovevano aiutarsi, non combattersi.

Ribadì il concetto con decisione, come se fosse stato una rivelazione dal cielo.

Poi, un giorno Oss riuscì ad alzarsi, le ferite si stavano rimarginando bene e ricominciò a camminare, anche se con grande cautela. Rug trascorreva molte ore in giro da solo vagando per la foresta per procurarsi cibo, legna e acqua ma ormai Oss si stupiva di attenderne il ritorno con simpatia.

Quell'uomo gli aveva salvato la vita e l'aveva curato come un fratello, ormai non gli legava più i polsi di notte per paura che cercasse di fargli del male e quindi si fidava di lui.

Per quanto brutto e massiccio, Rug cominciò ad apparirgli simpatico, con quel largo naso e la grande bocca che spesso si atteggiava a un grottesco sorriso, forse lui, al suo posto, non avrebbe avuto la stessa compassione.

I due infittirono la conversazione, ai gesti aggiunsero in seguito dei rozzi disegni tracciati per terra con un ramoscello che permettevano di descrivere gli animali, i fiumi, le montagne, le capanne, altri uomini.

Ai gesti e alle smorfie associarono poi dei suoni e, anche se all'inizio pareva soltanto una concitata lotta di grugniti, sospiri e ringhi, pian piano abbinarono un nome a ogni cosa: cielo e terra, vivo e morto, sole, luna e tutte le altre cose che menzionavano divennero identificabili grazie a due suoni.
Ne avevano a disposizione uno per ciascuna delle lingue che parlavano ed essi permettevano di richiamare alla loro mente cosciente tutte le cose.

La mente di ciascuno dei due uomini era paragonabile a un palcoscenico dove a comando comparivano le identità desiderate grazie al linguaggio, a fatica si delineavano delle categorie che raggruppavano le cose in base a tratti, caratteristiche comuni: uomini, animali, oggetti.

Con il trascorrere del tempo, i due uomini si trovarono a condividere un doppio vocabolario abbastanza ampio da consentire di comunicare bene tra loro. Alle prime, impacciate conversazioni si sostituirono lunghi colloqui interrotti da pause che servivano a rimuovere le ultime incomprensioni.

Sempre più spesso il sorriso appariva sulle loro labbra e talvolta si scambiavano pacche sulle braccia e gesti di giubilo, quasi sempre, dopo un colpetto sulla schiena, Oss gridava di dolore e l'altro sghignazzava, mettendosi la mano sulla bocca con aria di scusa.

In quel modo laborioso cominciarono a parlare di sé, delle loro famiglie, dei rispettivi popoli, dei luoghi in cui vivevano e del come vivevano.

Soprattutto Rug era stupito e incredulo nell'apprendere quanto fosse grande il villaggio di Oss, quanta gente ci vivesse e il fatto che fossero addirittura capaci di cacciare in gruppo i grandi mammut! Si fece ripetere molte volte i fatti, prima di rassegnarsi alla scoperta.

Davanti ai loro occhi si stendevano mondi nuovi e impensabili, nuovi orizzonti. Oss era affascinato da quanto apparentemente fosse ricca la valle dove abitava Rug: poco abitata, piena di selvaggina facile da cacciare, c'erano piante e frutta molto utili, abbondanti sorgenti di acqua fresca…

Si accorse di provare un sincero piacere per quegli scambi culturali e per le cose che apprendeva, e pensare che pochi giorni prima loro due erano ancora impegnati in una lotta mortale.

La guarigione di Oss si poteva ormai dire completata, riusciva a impugnare una lancia e scagliarla, poteva correre e saltare. Certo erano rimaste lunghe striature rossastre sulla pelle e ancora si vedevano le tracce dei punti di sutura ricevuti nei punti in cui gli artigli del puma avevano straziato le sue carni ma non provava più dolore.

Quel giorno Rug esaminò le spalle del suo nuovo amico ancora una volta e annuì soddisfatto. Quindi posò una mano sul braccio dell'altro e con espressione un po' triste disse l'equivalente di una frase come questa: «Sei guarito, amico. Grazie al vecchio Rug, adesso però devo tornare dalla mia famiglia, ormai mi daranno per morto e c'è il rischio che le donne si cerchino un altro maschio!»

Oss sembrò pensieroso, poi rispose: «Grazie amico, ti devo la vita, ma perché prima di tornare a casa non mi accompagni al villaggio? Pochi giorni in più non faranno la differenza e poi saremo noi a garantirti un felice ritorno... del resto sarebbe pericoloso viaggiare soli, non credi?»

«Dici davvero?» Rug pensò a lungo «Ma pensi che i nostri popoli potrebbero un giorno diventare amici, magari scambiarsi cose utili e collaborare?»

«Perché no? Io e te avremmo il merito di aver favorito questa alleanza. Sarebbe molto bello e utile a tutti.»
Rug parve perplesso, pensieroso, il richiamo della famiglia era forte ma era intensa anche la curiosità di vedere il grande villaggio di cui gli aveva parlato Oss, era curioso di apprendere nuove tecniche di caccia e di produzione di utensili.

Inoltre, aveva sentito parlare del fatto che il popolo di Oss aveva imparato ad addomesticare alcune specie di piante e coltivarle. In fondo, una settimana in più o in meno che valore poteva avere?

La verità era che si era affezionato a Oss, avevano vissuto insieme per molto tempo e gli risultava difficile lasciarsi così bruscamente. Pensò ancora a lungo, poi disse: «Va bene, andremo al tuo villaggio, ma tu prometti che mi assicurerai un felice ritorno a casa mia, sì?»

I due si abbracciarono festosi, poi discussero le cose da fare per partire all'alba del giorno dopo.

X
Il viaggio

Il viaggio non fu privo di difficoltà: attraversano territori in parte sconosciuti perché Oss sbagliò strada più volte, scalarono alture rocciose e si immersero in foreste dense, dove tra i vapori mattutini ogni ombra sembrava nascondere un predatore.

Finché, in mezzo a una radura, nel bel mezzo del giorno, lassù nel cielo, all'improvviso una falce scura divorò un pezzo del sole scintillante.

I due si fermarono, guardarono in alto e capirono che la luce stava diventando più debole.

E quella falce avanzava, come se volesse inghiottire del tutto la sorgente della vita.

Rug e Oss si guardarono con gli occhi sbarrati, non riuscivano a parlare, indicavano il sole e piangevano. Quando restò in cielo, nella penombra, soltanto una linea curva di luce, parve chiaro che il mondo stava terminando proprio in quei momenti.

Rug e Oss, trovarono la forza di urlare e di fuggire con disperazione, raggiunsero un anfratto in una scarpata e si buttarono sotto un ammasso di tronchi spezzati forse da un temporale.

Venne il buio.

La morte.

Il due tenevano gli occhi chiusi e le braccia a sollevate per proteggere il capo, aspettavano di spegnersi e dimenticare ogni cosa. Trascorse un altro po' di tempo, poi si accorsero che il buio stava lasciando il posto a una luce crescente.

Uscirono timorosi dal loro rifugio e videro che il sole stava tornando indietro e riprendeva la sua forma, respingendo il nero che lo aveva travolto, finché tutto tornò come prima.

Oss e Rug urlarono di gioia, saltarono, corsero, si abbracciarono più volte.

Il mondo non era finito.

Sotto la luce bruciante del sole riemerso pensarono di aver ricevuto una benedizione per continuare il loro cammino.

XI
L'arrivo al Villaggio di Oss

Dopo tre giorni e una lunga distanza percorsa quasi a passo di corsa, il villaggio di Oss si presentò come una vera meraviglia agli occhi di Rug.

Le capanne, organizzate con un ordine che lui non aveva mai visto, la staccionata circondata da un fossato, i fuochi intorno formavano un mondo a parte. E quanta gente! Tutti brutti quanto Oss!

Ormai Rug si era abituato alle fattezze dell'amico ma vedere una folla di individui dalla testa tonda, le gambe smisuratamente lunghe e la pelle scura faceva un certo effetto, si guardò intorno con enorme stupore, la scena era ancora più stupefacente che nei racconti di Oss!

L'amico, giunto alla staccionata, attraversò il villaggio lanciando urla di gioia e saltando, chi lo vedeva sbarrava gli occhi, solo Swam, in piedi in mezzo al viale centrale, lo bloccò dicendo: «Ragazzo, non eri morto? Da dove salti fuori?» Oss si lanciò in un fiume di spiegazioni e più volte indicò Rug che lo seguiva da vicino, osservato con incredulità e timore dalle persone attorno.

Ci fu un attimo di perplessità e di tensione, poi il vecchio andò verso Rug e lo abbracciò dicendo «Sei il benvenuto amico! Grazie di aver salvato questo scriteriato! Ogni individuo è prezioso qui da noi, anche gli sciocchi come questo ragazzo. Te ne siamo grati.»

Grazie alle parole di Swam, pronunciate ad alta voce, in modo stentoreo e teatrale, l'accoglienza divenne calorosa: i membri della tribù, uomini, donne e bambini, guardavano Rug con curiosità mista a rispetto, affascinati dalla sua presenza imponente e dal suo torace poderoso.

Lo toccavano, osservavano le sue armi, accarezzavano i suoi lunghi capelli intrecciati, gli sorridevano, gli offrivano del cibo.

«Incredibile.» pensò Rug, «Capisco molto di quello che dicono queste teste tonde! E sembrano essere affettuosi...»

Poi i due nuovi venuti furono accompagnati dal capo villaggio e Swam presentò Rug a Uot Not.

«Benvenuto, straniero! Che tu possa godere della nostra accoglienza a lungo, hai salvato uno di noi, e te ne saremo grati per sempre!»

Il vecchio capo dalla pelle grinzosa aveva perso i denti anteriori e l'aria sibilava nella sua bocca mentre parlava, i suoi capelli grigi, lunghi fino alle anche erano intrecciati con conchiglie e denti di fiere in complicate volute, sedeva su una stuoia di fibre intrecciate e guardava con curiosità il nuovo arrivato.

Rug si bilanciava sulle forti gambe e dovette farsi ripetere quelle frasi da Oss per capirle bene e poter rispondere: «Grazie grande Capo, sono contento di conoscerti e vedere il tuo meraviglioso villaggio. Purtroppo, non potrò fermarmi molto, la mia famiglia mi aspetta!»

«Incredibile, parli quasi come noi! dove vive la tua gente, straniero, e come vivete?»

Rug fu invitato a sedersi, gli portarono una stuoia intrecciata, carne, frutta, acqua e una bevanda fermentata, poi lui, con un frasi ancora un po' zoppicanti, descrisse la sua famiglia, la sua gente, la valle in cui viveva.

La bevanda era inebriante, ben più di quella che preparava lui a casa e gli sciolse la lingua, così spese molto tempo per descrivere quanto la sua valle fosse ricca di acqua, selvaggina e frutta, protetta dagli inverni più rigidi e le estati più calde, spiegò come la sua gente fosse felice e non bisognasse di nulla, mentre parlava, rideva di continuo.

Il vecchio, cui si erano aggiunti altri anziani del villaggio, ascoltò con grande attenzione e si fece ripetere da Oss le cose che non capiva bene. Poi alla fine disse: «Caro amico dal petto possente, per mostrarti la nostra gratitudine, stanotte daremo una festa in tuo onore.»

Rug non capiva la parola "Festa" e Oss si spiegò con gesti e mimando balli e canti, allora Rug pensò che somigliasse un poco alle loro festicciole nella grotta e annuì.

Il capo riprese a parlare: «Per ricompensa per il tuo coraggio, ti prego anche di voler giacere con una delle mie nipoti questa sera prima della festa, vogliamo che tu possa riportare a casa soltanto ricordi belli da qui…»

Rug stava per rifiutare ma il vecchio aveva fatto chiamare una ragazzina chiamata Afe e la presentò al suo ospite. Rug la guardò e pensò che non fosse brutta come gli altri: aveva il naso più largo e la fronte leggermente prominente, non era certo bella come le sue donne, però era dotata di grandi seni che risvegliarono il suo desiderio.

Quindi con l'aiuto di Oss, Rug ringraziò il capo e chiese di potersi soltanto riposare un po' prima dell'incontro galante, quindi fu accompagnato in una capanna vuota dove poteva stendersi su delle pelli e dormire per qualche ora indisturbato.

Fu una carezza sul viso a svegliare Rug, aprì gli occhi e vide il viso di Afe che gli sorrideva. Bastarono poche carezze perché il desiderio fisico insorgesse e il coito iniziasse con foga, forti gemiti di ambedue suggellarono l'epilogo festoso.

Poi Rug chiese nel suo linguaggio appreso di recente e un po' goffo: «Perché loro ti hanno dato a me?»
«Io avevo un marito, due lune fa è morto durante la caccia agli elefanti. In attesa di un nuovo uomo, sono libera.»

Più tardi, quando Rug uscì dalla capanna, era già tramontato il sole e vide che la festa stava per iniziare. Era già quasi buio e avevano acceso grandi falò tutto attorno al villaggio, non distante alcuni uomini erano rimasti di guardia, tutto il resto della popolazione del villaggio si trovava in piazza.

Là stavano arrostendo grandi pezzi di carne di mammut e per terra c'erano, ben disposte, grandi pile di frutta e molte vesciche di animali piene di bevande fermentate. Parecchie torce accese rischiaravano la piazza.

Oss stava aspettando l'amico, lo abbracciò e disse: «Questa notte ci divertiremo, Rug.»

«Anche gli uomini di guardia?» la domanda suggeriva una certa preoccupazione... «No, loro veglieranno su tutti, ogni volta si fa a turno.»

Occorsero non pochi sforzi per comunicare il concetto, ma alla fine si capirono.

Tutti mangiarono e bevvero a sazietà, solo i bambini non potevano bere le bevande fermentate. Il capo pronunciò un discorso, gridando a squarciagola.

Rug non capì tutto, comunque, non gli sfuggì il senso: a quanto pare quel popolo non venerava soltanto gli antenati, la madre terra, il sole e la luna come loro ma anche altre entità come il tuono, le stelle, il fulmine, il vento, insomma, qualsiasi manifestazione della natura.

A tutti gli dèi si rivolgevano ringraziamenti per aver consentito al villaggio di prosperare, a tutti si offriva una parte del cibo che era gettata tra le fiamme, a tutti si chiedeva aiuto per il futuro secondo una complicata gerarchia.

Poi iniziò la musica assordante, erano tamburi e flauti che producevano melodie ritmate cui si aggiungeva un canto generale prodotto da quel popolo che ballava battendo i piedi, con le braccia levate, agitando sonagli, le ombre lunghe si intrecciavano, univano e separavano nella piazza.

Anche Rug, trascinato da Afe, si unì alla festa dopo aver bevuto non poco.

Ballarono fin quasi al mattino, quando le stelle ormai impallidivano e si stavano ritirando.

Ballarono finché anche l'ultimo stramazzò a terra per la fatica e per aver bevuto troppo, anche Rug.

XII
Vita al Villaggio di Oss

Trascorsero un paio di giorni e si iniziò a parlare del viaggio di ritorno alla sua valle che Rug doveva compiere. Gli dissero che sarebbe stato accompagnato da una dozzina di guerrieri e lui accettò, premurandosi di sottolineare una certa urgenza.

Era quasi tutto pronto, ma una sera Rug, uscito dalla capanna dove trascorreva le notti con Afe, si allontanò un poco a causa di bisogni corporali da espletare.

Rientrando, era distratto, perciò sbagliò la direzione e senza saperlo si trovò dietro alla capanna del capo, se ne accorse e cercò di orientarsi ma udì le voci dell'anziano Uot Not, di Swam e altri uomini.

«Se quella valle è davvero ricca come dice quello strano individuo, allora ci potrebbe fare molto comodo, potremmo stabilirci là e fondare una colonia.»

«E cosa faremmo con i locali?»

«Noi siamo più numerosi e meglio organizzati, o ci aiutano a stabilirci oppure prenderemo il sopravvento e li domineremo, a quanto dice questo Rug, non sono molti e vivono in piccoli gruppi distanti tra loro.» «Sì grande capo, ma se arriviamo là con una dozzina di uomini insieme a Rug non potremo imporre nulla.» «Facile, mentre un gruppo accompagnerà a casa quell'uomo, un altro molto più numeroso li seguirà da vicino e sarà in grado di occupare la valle. Poi decideremo noi chi caccia quali animali e soprattutto noi ci prenderemo la parte migliore.»

Sentendo sghignazzare, Rug sentì un brivido freddo corrergli per la schiena, le teste tonde volevano rubare quel paradiso terrestre al suo popolo! Ascoltò ancora un po' ma fu preso da una profonda emozione, decise di allontanarsi con molta circospezione e tornare alla sua capanna.

Rug era sconvolto, mosso dalla paura per la sorte della sua gente e dalla rabbia sorda che sentiva montare dentro di sé. Era tentato di fuggire subito ma non era facile uscire dal villaggio: c'erano sempre degli uomini a sorvegliare i passaggi attraverso la staccionata e l'avrebbero fermato, poi sarebbe stato difficile giustificare il suo tentativo. Rug restò sveglio tutta la notte, pensando a come uscire da quella situazione.

Al mattino Rug si presentò da Uot Not e dopo averlo salutato, disse: «Grande capo, ho deciso di partire oggi stesso.» «Caro amico, i nostri uomini sono pronti e hanno preparato anche delle provviste per accompagnarti, fai dunque buon viaggio!» Il vecchio abbracciò Rug e chiamò gli altri.

In mezzo alla dozzina di guerrieri della scorta c'era anche Oss che gli sorrise, Rug si sforzò di rispondere con naturalezza, poi si misero tutti in marcia.

Gli altri abitanti del villaggio salutarono il drappello emettendo strane grida e battendo i piedi per terra, molti saltavano agitando le braccia.

Secondo i calcoli di Rug, sarebbero stati necessari almeno sei giorni per tornare a casa, durante i primi tre camminò verso quella che riteneva essere la giusta direzione, aiutandosi con il ricordo della strada fatta con OSS.

Tutto andò bene e non ci furono intoppi, il gruppo era abbastanza numeroso da spaventare la maggior parte degli animali e anche le notti protetti da grandi fuochi, trascorsero tranquille.

Quando giunsero dalle parti della grotta dove Rug aveva curato Oss, si accamparono nei pressi.

Nel mezzo della notte Rug scivolò via dal suo giaciglio, sapeva muoversi più silenzioso di un serpente e aveva avvoltolato la pelle con cui si era coperto in modo da farla apparire come un corpo addormentato, volutamente si era coricato il più lontano possibile dai falò, l'uomo di guardia più vicino non si accorse che lui gli stava passando alle spalle, anche perché osserva con attenzione la foresta.

Quando Rug riuscì a guadagnare il buio in mezzo agli alberi tirò un sospiro di sollievo, sperò che fino all'alba nessuno si accorgesse della sua fuga, doveva assolutamente mettere tra sé e le teste tonde la maggior distanza possibile!

XIII
La fuga

Mentre albeggiava, Rug camminava spedito nella boscaglia, ormai quelli che aveva creduto amici erano lontani, adesso la cosa più importante era non lasciare tracce per cui tentò in tutti i modi di camminare in modo che il suo passaggio risultasse inavvertito: camminava dove c'erano pietre, si arrampicava su alberi che lasciavano penzolare lunghe liane per saltare da un tronco all'altro, attraversava qualsiasi corso d'acqua camminando a lungo nel rigagnolo, poi si legava un fascio di rami dietro la schiena quando attraversava una radura in modo da confondere e coprire le sue tracce.

Rug utilizzò tutti i trucchi che ricordava e approfittò di tutta la sua esperienza, non sapeva quanto le teste tonde fossero capaci di seguire delle tracce ma cercò di rendere loro il compito molto difficile. Intanto pensava a cosa avrebbe fatto una volta tornato alla sua valle.

Doveva avvertire tutti i gruppi che vivevano là del grande pericolo che correvano, dovevano creare una forza di sorveglianza per presidiare gli accessi alla valle, se mai le teste tonde l'avessero trovata, essendo molto numerosi l'avrebbero conquistata e avrebbero reso schiavo il suo popolo.

E lui aveva creduto alla sincera amicizia di quella gente, aveva salvato la vita di Oss! Sciocco! Pensò con rabbia, se l'avesse lasciato morire nella foresta tutto questo non sarebbe avvenuto, la vita sarebbe continuata serena, senza questo nuovo incubo.

Rug cambiò strada diverse volte, in modo che, se anche i suoi nemici avessero ritrovato qualche sua traccia non avrebbero capito quale fosse la giusta direzione.

Aveva pure rinunciato a dormire in grotte o altri rifugi nella roccia perché immaginava che Oss si aspettasse di trovarlo proprio in posti come quelli. La notte dormiva poco e male, l'incubo della conquista della sua amata valle lo tormentava sempre e si sentiva responsabile non solo della sua famiglia ma di tutto il suo popolo, a volte pensava che forse sarebbe stato meglio uccidersi che cadere in mano alle teste tonde ma doveva pensare anche alla sua famiglia quindi neanche quel pensiero era accettabile.

Ormai era trascorsi molti giorni dalla partenza dal grande villaggio, Rug cominciava a pensare di avercela fatta, di aver seminato definitivamente Oss e gli altri, stava pensando di puntare dritto verso la sua valle, ma poi, improvvisamente, avvertì quell'odore...

L'avevano trovato? Rug cercò di non lasciarsi sopraffare dal terrore, si mosse nella direzione opposta, camminando in modo silenzioso, l'odore parve diminuire ma poi, eccolo di nuovo! Rug continuò a cambiare direzione, ogni volta percepiva l'odore svanire lentamente ma alla fine ricompariva sempre.

«Come faranno a muoversi tanto in fretta?» si chiese, poi comprese: «Sono tanti! Si sono ricongiunti con il drappello che ci seguiva secondo le istruzioni del vecchio Uot Not! Maledetti! Ciò significa che sono circondato!»

E l'odore diventava sempre più forte.

Paralizzato dalla tensione, Rug si era fermato con la schiena contro un albero, allora li vide apparire: erano tanti, tutto intorno a lui, in mezzo a loro c'era Oss e al suo fianco il vecchio Swam sogghignava: «Dove vai tutto solo, uomo delle caverne? Non vuoi un po' di compagnia?»

Rug lancio i due giavellotti e colse un uomo alla spalla, poi cominciò a minacciare tutti con la sua zagaglia, appena qualcuno degli avversari si avvicinava, si voltava verso di lui e cercava di colpirlo ringhiando. Loro sfuggivano ai suoi colpi e lo circondavano sempre più da vicino, non poteva scappare da nessuna parte.

Quella danza continuò. Gli tornò in mente quella volta che si era trovato circondato dalle Jene, purtroppo questa volta non c'erano scarpate o fiume a salvarlo.

Un colpo di clava colse Rug alla nuca; non lo sentì neanche arrivare e cadde a terra incosciente.

XIV

Prigioniero

Rug si svegliò con un gran un mal di testa, era legato, gambe e braccia, Oss e Swam lo guardavano con interesse. «Perché sei fuggito, Rug? Non ti piaceva viaggiare con i tuoi amici?» chiese l'anziano sogghignando.

Rug pensò che ormai non sarebbe più servito a niente fingere: «Voi, voi volete prendervi la mia valle, farete del male alla mia gente!»

«Ma no! Vedrai che troveremo il modo di convivere senza problemi… se farete quello che vi diremo, certo.»
«Non vi aiuterò, trovatela da soli, la valle.»
«Che cattivo! Vedrai che troveremo il modo di convincerti.

Rug fu torturato in molti modi, cercò di resistere, rifiutò di parlare.

Gli fecero molto male, gli risparmiarono solo le gambe perché doveva camminare e non intendevano certo trascinarlo. Dopo un giorno di sofferenza, Rug cedette e il mattino dopo si misero tutti in cammino, lui procedeva davanti a tutti, con le mani legate e una corda al collo.

Camminare in quel modo era faticoso, ma le teste tonde non mancavano di pungolarlo e non gli davano tregua.

Il gruppo giunse fino alla scarpata dove Rug era caduto nel fiume, la risalirono, da lì mancava solo più una giornata di cammino ma l'entrata alla valle non era facile da trovare. Rug pensava che dovesse trovare il modo per impedire a quegli uomini di raggiungere il loro obiettivo, ma come? Era legato, se si fosse fermato lo avrebbero forzato a continuare e si stavano avvicinando troppo alla valle.

Poi capì come potesse fare.

Rug guardò in alto, c'erano due uccelli rapaci che volteggiavano in larghe volute, emettendo strida acute.

Desiderò di essere come loro, di vedere il mondo dall'alto semplicemente tenendo le ali immobili e cercando una corrente d'aria calda per salire, come per magia.

Rug pensò alla sua vita, alle grandi gioie provate, ai suoi cari, si accorse che le lacrime scorrevano sulle sue guance e si perdevano nella folta barba rossiccia. Si sfregò gli occhi con i polsi per poter vedere bene.

Poi Rug dette uno strattone poderoso che fece scivolare l'uomo che lo teneva al guinzaglio, corse verso la scarpata.

Non smise di correre finché non sentì le gambe agitarsi nel vuoto, ruzzolò rovinosamente per il pendio, tra le urla concitate dei suoi carcerieri.

Picchiò con ogni parte del corpo, cercando soltanto di non battere la testa.

Con ampi spruzzi, sprofondò nel fiume.

Non fece nessun tentativo di nuotare, lasciò che l'acqua gelida lo inghiottisse e trascinasse via in fretta.

Cominciò a bere senza neppure cercare di tornare a galla.

Pensò che forse sarebbe ritornato nel grembo di madre terra.

Per rinascere.

◆◆◆◆◆◆◆◆◆

NOTE SULL'AUTORE

Aldo Squillari, autore

Nonostante inclinazioni artistico/letterarie, Aldo Squillari seguì un brillante percorso di carriera nel campo del Management. dal 1978 ebbe modo di maturare esperienze di marketing e vendite in Italia e all'estero, iniziando con la società Ferrero e poi lavorando per altre Aziende internazionali nei settori degli articoli sportivi, farmaceutici e bevande alcoliche.

Dal 1992 al 1999 fu incaricato di gestire il processo di ristrutturazione e rilancio della filiale italiana di un gruppo britannico ricoprendo successivamente le posizioni di Direttore Marketing, Direttore Vendite e Direttore Commerciale

Dal 2000 divenne Direttore Generale e si occupò della fase di conquista di posizioni dominanti di mercato per un'Azienda Italiana del settore medicale. La quotazione della Società in Borsa nel corso del 2001 si rivelò un grande successo.

Nel 2009 passò a operare come Direttore Generale per uno dei Consorzi di tutela più importanti nel mondo del vino. La priorità consisteva nello sviluppo di un piano strategico di crescita internazionale con investimenti consistenti di promozione, pubblicità, PR negli Stati Uniti, in Russia e Italia.

Negli anni 2015- 2017 assunse in prima persona la responsabilità del business del Nord Africa (Egitto, Algeria, Marocco) per specifico incarico di Ferrero Lussemburgo International.

INDICE